KB062062

새들도 변종을 꿈꾼다

시작시인선 0229 새들도 변종을 꿈꾼다

1판 1쇄 펴낸날 2017년 4월 17일
지은이 류명순
펴낸이 이재무
책임편집 박은정
디자인 윤민정
펴낸곳 (주)천년의시작
등록번호 제301-2012-033호
등록일자 2006년 1월 10일
주소 (04618) 서울시 중구 동호로27길 30, 413호(묵정동, 대학문화원)
전화 02-723-8668
팩스 02-723-8630
홈페이지 www.poempoem.com
이메일 poemsijak@hanmail.net

ⓒ류명순, 2017, printed in Seoul, Korea

ISBN 978-89-6021-320-3 04810
     978-89-6021-069-1 04810(세트)

값 9,000원

새들도 변종을 꿈꾼다

류명순

천년의
시 작

시인의 말

부족함을 안고 첫 시집을 낸다

시를 잘 쓰는 재주가 없어서

그저 진실만을 이야기하다 보니

지루하기도 하고 억지스러움도 있을 것이다

재주 없는 사람의 변명 같은 것

그러나 내 식견은 거기까지인 것 같다

다른 시인들이 잘 가지고 노는 언어들이

내게는 왜 겉도는 건지

늘 이런 의문을 안고 고민해보지만

나에겐 자연과 사물과의 의사소통에 한계가 있나 보다

무한한 사유의 세계에서 누구와 겨루는 것은 힘에 부친다

첫 번째 시집을 내면서 방황하는 바람처럼 흔들린다

그저 누군가 먼저 간 길을 맨발로 가고 있다

발가벗긴 느낌이라 숨고 싶다

2017년 4월 류명순

차례

시인의 말

제1부

글자 쓰는 골목

바람이 녹슨 자물통을 잡아 흔들며 대답을 강요한다
복덕방에 고여 있던 시간이 유리창에 달라붙어 풍경으
로 위장한다
잡풀들이 잃어버린 번지를 기웃거리며 대궁을 내민다
가옥들은 파산한 사내 등을 기댄 여자의 고개 숙인 각도
로 슬픔을
진열하고 있다

칠성댁이 행방불명된 딸의 얼굴을 안고 골목을 나선다
전단지 속 눈빛이 별의 온도로 반짝인다
같은 주파수를 가진 사람들이 같은 무게의 발자국을 남
기며
발걸음을 덮어쓴다
사전에도 없는 기호로 음각된 골목이 침묵의 색깔로 굳
는다

〈마지막 처분 95% 세일〉
전봇대에 묶인 밥상 크기 현수막만 새카맣게 시끄럽다

한 번도 팔린 적 없는 동네에는 어둠이 먼저 퇴근한다

북두칠성이 끼니 거른 외등을 하나둘 깨운다
우거짓국 냄새가 낮은 지붕마다 방점을 찍는다

손잡이만 반들거리는 고물 리어카가 파지를 가득 싣고 와
골목 한편을 복원한다
칠성댁이 알아들을 수 없는 주문을 외우며 돌아온다
다리로 침묵을 지고 나갔던 사람들이 입으로 다리를 끌
고 온다
유리창에 그림자를 맡긴 사람들이 집으로 들어간다
유리창 풍경이 몇 년 전 시간으로 창문을 복원시킨다

갸우뚱대는 바람이 지도에도 없는 동네를 밤새 읽는다
제 발로 쓴 골목을 저승길로 읽는 사람은 문맹이 아니다

오래 닫힌 窓

저 혼자 산 공기가 두껍다
유리창 깊숙이 뿌리를 내린 먼지의 연꽃무늬
꽃과 잎줄기를 지워본다
풍경을 적시던 창, 가만 들여다보면
햇살에 낯을 벼리던 사내들은 간데없고
흑백사진 속에 갇힌 삼대三代의 쑥스러운 웃음만
마른 창틀에 걸려 위태롭다
이따금씩 걸려드는 새털구름 사이로
노랗게 익은 햇살이
빈집의 젖은 추억을 빨아먹고 있다

언제부터였을까
안과 밖의 경계가 두꺼운 침묵 속에 안주하게 된 것은.
금이 간 유리창이
툭툭, 상처의 비늘들을 떨어뜨린다
풍경이 유리창을 적신다
백 년을 지나온 묵은 길같이
바람에 몸 긁히며 길들여진 세월만
가슴에 품고 삭이고 있다

풍경이 풍경을 적신다

누군가 젖은 몸 빠져나간 자리마다

노을 가득 밑그림만 남았다

속내를 알 길 없는 오동나무 한 그루가

창窓 두드리며 안부를 묻는다

웃자란 유리창의 기억이

꽁지 노란 새 한 마리 멀리 날려보낸다

고문의 진화

불시에 나를 구속한 스티븐 존슨*은 희대의 고문 기술자이다. 눈을 떠 빛을 데려오면 그는 내 장기마다 하루치의 수명을 부여한다. 오늘은 그가 되돌이표 그려진 악보처럼 나를 연주한다.

나는 한 번도 그의 음표를 벗어난 신음을 뱉어낸 적이 없다. 이십 년 전에는 비음鼻音 내는 첼로 현처럼 휜 척추로 비음悲吟을 연주했고, 십 년 전에는 각막에 펼친 건반을 올려차며 연주를 했다.

그가 내게 배려한 유일한 자유는 목숨이다. 나는 사디스트가 되어 나를 때리고 마조히스트가 되어 고통을 충전했으므로 내 목숨과 고통은 정비례한다. 나는 희열이 있는 곳으로 진화했다. 통증으로 사정射精을 완성하던 날, 그는 새로운 고문 기술을 접목했다. 손톱이 뽑힐 때 음역 밖의 신음을 연주한 것은 실수였다.

그가 내게서 손톱과 닮은 둥근 각도를 찾아 뽑아내기 시작했다 발톱을 뽑아내고 앞니를 뽑아내고 각막을 뽑아내고 양지에서 나를 뽑아 음지에 가두었다.

눈을 떠도 빛을 데려오지 못하므로 나의 하루는 길이가 없다. 열쇠가 없는 안구의 독방에서 내 묵비권이 완성됐다.

내가 내게 종신형을 언도하니 고문이 멎었다. 그는 외로움 이라는 열쇠를 목숨에 꽂아놓고 사라졌다.

신음을 연주해서 형기를 채워야 하는 내가 고통 없음이 더 큰 고통임을 알아차렸을 때, 나는 외로움을 비틀어 고통 을 초대한다. 그가 내 장기를 하나둘 두드려 깨운다. 나는 목숨에 없는 빠른 박자로 신음을 연주한다. 그가 관장하는 하루가 짧아지기 시작한다.

* 스티븐 존슨: 약물알레르기로 눈의 점막을 손상시켜 실명에 이르는 난치병.

사름의 품

미루나무 껍질에서 나이테의 파동이 보이는 계절
나뭇가지들이 손가락 한 마디씩 늘인다
이파리가 그늘의 나선을 돌린다

넓어지는 그늘에 내가 얼룩 하나로 섞인다

내 심장 박동이 다른 사름 보폭으로 바뀌자 그늘이 확장
을 멈춘다
옹이 빛깔의 눈동자가 전생 몇 장을 끌어당긴다
탈색의 난수표로 퍼즐을 맞춘다
한 사름이 기도로 미래를 바라보고 있다

합장한 두 손의 어둠을 열고 무작정 걸어 들어간다
매일 다녔던 것처럼 익숙한 길 끝에
내 얼룩과 마침맞은 공간이 파여 있다

젖 먹는 자세를 하고서야 꿈을 꾼다
한 사름이 손 그림자로 내 배를 쓰다듬고 있다
품에 안긴 내가 그늘의 속도로 자란다

아기 발길질에 얼룩이 깨진다
내가 서쪽을 향해 꿈틀거리며 깨어난다

내 눈동자에 한 사름의 얼룩이 고여 있다
내가 그의 기억을 외우려고 하자 그늘이 나를 팽개친다
그늘이 사지를 숨기며 미루나무 속으로 사라진다

사름의 얼룩을 품으로 키워내면 어머니가 된다

형법 제38조

충혈된 눈에 들어온 형법 제38조가 수갑을 채운다
방 안을 아는 유일한 목격자
서른여덟을 염탐하는 담쟁이가 방 안을 기웃거린다
법전 속에 숨긴 법문이 미궁에 빠져든다
승자독식 사회의 알리바이를 밝혀내기 위해
육법전서의 침묵을 몇 년째 추적해보지만
여전히 끝은 보이지 않고 제자리 잠복 중이다

그림자만 체포해가는 그믐달이 보이지 않을 때쯤
고양이 한 마리가
어머니 기도를 의심의 눈초리로 쏘아본다
잠을 취조하는 시계 소리에
별들이 돌아갈 채비를 서두른다
또다시 법률 사전을 비워내야 하는 공복은
쉽게 가라앉지 않는다

파산선고를 받은 등뼈들이
호시탐탐 무릎까지 넘보고 있다
기다리지 못한 사랑을 수첩에 기록하고
날 선 법과 사전에 시선을 꽂으면

두 눈에 고여 있던 하늘이 빛을 흘린다
법복보다 더 까만 어둠이 밀려오는 골목
고시촌 하늘엔 별도 법문처럼 뜬다

바람의 본적

바람의 신경은 온통 깃발에 쏠려 있다
모든 걸 흔들어놓아야 직성이 풀리나 보다
바람의 입이 물고 흔들어대는 저 초록의 산
바람에 몸을 맡기는 날개들이 있다
벼랑 끝에서 암 덩어리처럼 뭉쳐진 소나무를 보았다
전신에 바늘이 박힌 채 하늘 향해 흔들리고 있었다
몇만 번의 흔들림으로 나이가 먹었을 그 소나무
수많은 바늘을 꽂고 호젓이 저물어갔다
바람의 본적을 묻고 싶다
내가 모르는 어느 별에다 호적을 두고 온 것인지
히말라야 같은 몇 배의 습곡이 되었을 바람의 역사
나의 날은 늘 흔들림의 날들이었다
아침 해에 가려진 상현달처럼
그림자도 없이 그렇게 바람을 따라가고 있었다
등이 휜 여자의 늙은 뼈에 바람이 들었다
나도 오래된 무처럼 바람이 들었다
본적이 어디인지도 모를 그 바람을 쫓아
나도 바람이 되었다

무덤으로 가는 앤디워홀

나를 버리러 지하로 간다
캔버스와 판화 도구 버리러
내가 사랑하던 마릴린 먼로도 버리러
세상의 희롱과 박수까지 버리러
주유소도 편의점도 없는 지하의 길
아는 사람 하나 없는 나 혼자의 길

누구 하나 환호하지 않는다
침묵하는 사물들, 구조는 단순하다
주검을 대량생산하는 공장도 없는
무의식의 풍경 속으로 내가 들어간다
나를 다녀간 사람들이 기록해둔 필름처럼
기억이 기억을 물고 시간과 공간을 넘나든다

문득 까마귀가 울 것 같은 적막이 몰려들고
낯선 사람이 붓을 든 손을 따라
무덤 속이 밀밭으로 변해가고 있다
복제된 그림들이 제멋대로 불어나
무덤이 갑자기 환하다

버리는 것은 끝이 아니고
또 하나의 부재를 달고 새롭게 태어난다
갑자기 수많은 존재들을 버린 내 몸이
한없이 밑으로 추락한다
낯선 내가 나를 붙잡아 콜라병에 담는다
순간 내 몸이 하늘로 솟구쳐 오른다

소리의 판화

십수 년 만에 지하에서 육 층으로 변태했다는
일가족이 내 고막에 세간을 그린다
까치둥지 높이로 못을 박아 햇살 한 자락을 건다
등고선 높이에 빨랫줄을 묶는다
세탁기 수평을 저수지 수면에 맞춘다
식탁을 올려놓은 양탄자 위에 풀밭을 색칠한다
밤은 나도 모르게 그림붓을 조각도로 바꿔버린다
단단한 쇠칼이 내 머릿속을 뚫고 들어온다
뇌를 동판 삼아 구도를 잡아가는 화가의 조각도
내 두개골을 파내기 시작한다
빠깍빠깍
돌탑에 갇혀 제 아들의 머리뼈를 뜯어먹는 우글리노 백작*
죽음의 희망마저 앗아가고 마는 지옥도가 새겨진다
잠을 살해한 화가를 용서하지 못하고
머리를 흔들어 지옥도를 털어낸다
내 머릿속에 비명 하나 낙하한다
비로소 땅 위에 지옥문이 완성된다

* 우글리노 백작: 단테의 「신곡」 아홉 번째 지옥에 등장하는 이야기.

플라톤 모티브

플라톤이 라면 박스 안으로 들어가 시멘트 바닥을 분석
한다
바닥 안쪽의 사나운 냉기가 등을 움켜쥐고 말을 건다
몸 이곳저곳에서 불평이 논쟁을 일으킨다
퇴직금이 주식 몇백 장으로 바뀌고
길거리로 내쫓긴 처자식의 소식이 무일푼으로 들려온다
귀환치고는 거창한 것 같지만
영등포나 서울역 고수들에겐 통하지도 않는다

하룻밤 쉴 곳을 찾는 떠돌이 행성들도
허공에 판서를 하며 담론을 한다
북극성 주변에 자리를 정하는 시리우스와 페가수스가
심야 토론을 시작한다
동굴은 쾌락의 소음을 밖으로 밀어내고
아테네 학당을 잠시 빌려다 놓는다

소주나 라면의 기원과 역사에 대해
신문 두 장 반짜리 소유권에 대해
뭉치고 파괴하는 정치사의 본질에 대해
국가론 논쟁은 끝날 줄 모르고 이어간다

플라톤이 밤의 향연 속으로 빠져든다
자신만의 꿈과 현실의 괴리를 좁히기 위해
전동차의 마지막 소음을 끌어다 덮는다
아침이 반드시 온다는 진리는 변할 수 없듯

첫차가 이불을 걷어간다
누군가 정체성을 흔들어 깨운다
보수를 시작하는 지하도의 망치 소리 툴툴거린다
갈 곳 없는 빈 박스,
헌 신문들 어디로 갈까 토의 중이다
플라톤이 곧 나갈 것이라는 소문이 불변의 법칙처럼 떠
돈다

바람의 유목

풀은 생각한다
바람이 태어난 고향에 대하여
한곳에 머물지 못하는 유전자에 대하여
목적지도 없이 떠도는 역마살에 대하여
바람이 죽어가는 음부에 대하여
세월의 추를 흔들며 달려가는 바람의 뒤엔
짙은 안개를 물고 일어서는 사막의 울음이 있다
흘림체나 초서체로 풀 위에 기록을 남기는 바람
연대를 알 수 없는 태곳적 알타이의 시작부터
먼 시간을 집대성한 바람의 역사를 풀들은 안다
풀잎들이 몸을 구부려 가리키는 곳
그 배경에는
바람만이 아는 망명지가 있다

羊은 생각한다
바람의 순한 피가 뿌려진 저 풀들의 신전을
숭배를 올리던 제사장은 간데없고
붉은 형틀에 감기는 바람의 통성기도만이
넓은 제단 위에 차곡차곡 쌓인다
지상 어디에도 발 디딜 곳 없는 바람의 영혼

파고드는 마두금 소리에 이내 잠잠해지고
게르의 지붕 위로 별들의 판서가 시작된다
마유주가 흐르는 대평원을 가르며
스스로 바람이 되어버린 칭기즈칸
말발굽 위에 새겨진 바람의 비문을 읽으며
그 푸른 초원을 다 건너가면
만년설
거기, 바람의 아들이 있다

석장石墻의 비밀

간밤의 세찬 비바람이
종갓집 석장을 무너뜨렸다
그렇게 견고한 담이
힘없이 안채의 실체를 드러냈다
벽보가 동강나고 낙서가 잘려나가고
술 취한 김 씨의 그것도 보았을 석장이
제 몸을 와해시켜 안과 밖의 경계를 없애버렸다
한동안, 종갓집 비밀들이 이끼처럼 붙어 통제되어왔다
집안에 크고 작은 흥망성쇠들,
종손이 없어 외도까지 한 종가 어른의 장례까지 보았던,
비밀
결연한 역사를 해체하여 혼돈 속으로 사라졌다
담의 실체는 종가의 비밀을 알고도 침묵하는 것
가장 많은 내력을 보고 가려주었던 곳이다
가로막이 사라진 그곳
묵은 이끼와 흙먼지들이 통제구역을 벗어났다
종가의 내력들을 고스란히 묻고
대를 이어 백여 년을 지탱해온 늙은 석장이
오래전,
주인 잃은 상실을 끝내 주체하지 못하고

종갓집 대대로 이어온 비밀을 묻어두려는지
푸른 이끼를 끌어안고 돌무덤이 되어버렸다

내통하다
— 볼트 너트

우리는 서로 몸을 주고 마음 얻길 노력했어
당신은 내 숨통을 자꾸만 조여왔어
나는 당신 바깥세상이 그리웠지만
당신은 이미 내 안을 점령해버렸어
소용돌이치는 내 젊음을 단단히 고정해버렸어
나사골 닮은 골목이 허름한 가난을 달동네로 밀어 올리고
바람에 기생하는 향기는 얼어붙은 사랑을 추궁했어
집안엔 수천 겹 포개진 바람들이 겉돌다 돌아갔어
창밖엔 우리의 시간을 갉아먹은 사철나무가
밤과 낮 양쪽으로 그림자를 뻗어 절기를 결정했어
한겨울에 나사골을 맞춘 주름이 낡은 살림을 조였어
아무리 조여도 내가 점점 헐거워지는 것,
바람과 내통하는 당신이 이해해주길 바랐어
삶의 각도는 늘 밀고 당기며 반대로 돌아가버려도
당신은 해마다 공구상자를 열어 나사들을 꺼내놓았어
바람의 골을 감아 온 새싹들은 끝내 허공에 박혔어
그것은 지평선이 수평을 유지하는 일이어서
노을이 하늘 한쪽을 풀어내도 포옹은 녹슬지 않았어
오랫동안

생각 한 벌

아버지 저음을 꺼내 세탁기에 넣었다
탁한 소리가 격랑에 흩어졌다
변두리 시화공단을 돌아서 돌아온 소리들

방황하며 맴돌던 울음들이
아버지의 저음과 충돌했다
튕겨 나간 팔과 다리가 허우적대며
자성에 끌려와 헤어나지 못한다
원심력으로 수정된 상처들이 한쪽으로 회전한다

엄마의 겉옷을 걸친 주방이 허공으로 외출했다
대화를 잃은 아버지의 오후는 우울했다
언덕을 오르는 트로트가 힘든 고개를 넘어간다
나의 미래는 거품처럼 부풀다가 미끄러진다
생각 몇 벌이 꼬리를 물고 돌아간다

남루함을 걸친 어제는
탁류가 만들어내는 물의 관성에 따라
음울하게 밖으로 흘렀다
후렴구의 끝은 늘 요란하다가 멈춘다

집게 끝에 묶인 그림자들이 일제히 몸을 달고 부유한다
온 주위가 더욱 환해지는 오후
수백 번씩 물기를 들이마시며 호흡하는 바람
원색의 하늘마저 하얗게 표백되어 휘발한다
생각 한 벌마저도

하루가 발치되다

사라지는 것은 쓸쓸하다
삭아가는 인생이 싫다고
밤새도록 욱신대며 이탈을 선언한다
평생 제 몸을 까맣게 태워가며
총량을 초월하여 불평 없이 짓찧던
삼시 세끼를 사투로 살아온 목숨

입안에서 어금니가 발치되고 있다
고물이 된 저녁을 뽑아들고 사라진다
사소한 아픔에 분란을 일으키지 않고
여태 참아준 것에 대한 고마움
미안한 마음에 얼굴이 벌겋게 부어오른다

압정을 꽂은 듯 잇몸도 화가 나긴 매한가지
인공치아 이식을 추천하던 의사가
잇몸이 약해서 인공뼈를 심으라고 한다
다른 이빨을 받아들이기 싫은 잇몸이
위험한 상상을 하고 있는지 자꾸만 쑤셔댄다
잇몸은 임플란트와 불화하고
나는 인공뼈와 불화하고

구조 변경공사는 의사와 불화하고
고통은 평화와 불화한다

진통제 삼킨 먹먹한 저녁
불화한 하루가 뽑히고 있다

폭풍의 이동 경로

옆집 창문이 몹시 흥분하나 싶더니 곧장
우리 집 창문이 흔들리기 시작한다
크게 혹은 작게 점점 바람이 세게 부딪친다
곧장 폭풍기류를 타고 반이 갈려 한참 시끄럽다
풍비박산을 낼 모양인지 늦은 밤인데도 서로 숨을 거칠
게 몰아쉬며
상대방 가슴을 찢어대고 할퀴고 있다
소통의 조절이 안 되나 보다
숨과 숨이 마주쳐 거센 회오리가 일어난다
태풍처럼 쓸고 지나간다
성을 못 참고 이 집 저 집 잠을 깨운다
아파트가 잠잠하기까지 얼마나 더 부대끼고 휘몰아쳐야
할지
창문을 걸어 잠가도 모든 창문이 지진처럼 흔들린다
수만 번의 바람이 지나간다
아직은 바람의 호흡이 거칠게 이어지고
부딪혀 찢어진 상처들을 가라앉히는 시간만큼
숨고르기의 잔상이 깊게 남는다

얼마나 지났을까

옆집 창문이 캄캄한 밤 속으로 사라지고 있다
바람의 싸움이 서서히 잦아든다
우리 집 창문도 조용해진다

제2부

비색에 젖다

도자기 속
저 고려 여인에게도
감추고 싶은 비밀이 있지
그리움이 깊으면 실금이 가는지
실금 하나로 이어온 면벽의 사랑
몸이 멀어지면 마음도 멀어지고
영겁을 헤매다 돌아왔지
물레가 돌 때마다
내세의 맹세 하나씩 했지
도공의 손이 닿을 때마다
수줍음에 놀라 함초롬 피어난 연꽃
안이 깨지면 밖도 깨지고
밖이 사라지면 안도 무너지며
침묵으로 살아 나온 천 년 세월
온몸 환하게 비색翡色에 젖네

지하도

하루에도 몇 번씩 타보는 에스컬레이터
길고 컴컴한 행렬 속에 끼어
출퇴근을 하는 것처럼
위장해본 적이 있다

저 무심하게 움직이는 발자국을 따라가다 보면
홀로코스트처럼 사라진
내 인생이 보인다
빗장 풀고 세상으로 나가려고 해도
반복할 수 없는 지난날이 남긴 나의 습관들이
아직도 발목을 잡는다
스스로 나를 유폐시키고 짐승으로 살아가기 위해
걸음은 허공으로 향한다

시멘트 바닥이 너무 차갑다

너무 오래 있어서 여기가 내 집 같다

새들도 변종을 꿈꾼다

어디선가 새가 운다
새가 새 울음을 물고 새를 부른다
지하철 내부는 새 울음소리 가득하다
새들의 먹이는 톡이다
시간이 흐를수록 톡을 주는 사람들
의자에도 통로에도 이 칸도 저 칸도
톡을 먹은 새들의 배설물이 수북하다
톡끼리 착각하여 더러는 모방에 걸려든다
조건 반사에 낀 손을 확인하며 계면쩍게 웃는다
눈으로 슬쩍 톡을 훔쳐 먹는다
응시하던 시선 빼지 못해 잘라버린다
온통 톡을 먹은 새에 중독된 사람들의 외면外面이다

새들은 늘 변종을 꿈꾼다
지문의 기호들을 모두 탐독하여
GPS도 없이 정확하게 날아간다
강남으로 명동으로 때론 지구 밖으로
사람의 생각을 읽고, 아바타를 들고
이 집 저 집 벨을 누른다
톡을 먹고 사는 저 새들의 지능이 점점 우월해진다

새들이 날아가는 속도만큼 지구는 돌아가고
오늘도 순환선은 한강을 건너가고 있다

염천炎天

오후의 햇살이 내 허리를 잡는다
아랫배가 뜨겁고 안경 밑으로 이슬이 맺힌다
기분 나쁜 질감이 온몸을 조여온다
독침 같은 두통 몇 개 지나간다
며칠째 잠 못 이루며 백야를 보는데
어깨를 축 늘어트린 창밖의 풀잎들
풋과일들 죄지은 듯 염천 하늘에 목매고 있다

호수의 물은 김빠진 맥주처럼 졸고
계곡엔 푸른 소리가 끊긴 채 운무만 가득하다
땡볕은 한 생을 마감하는 화장에 불꽃을 붙이며 활활 태
우고 있다
칠십일 년의 삶을 한 줌의 재로 만들어버리는 불꽃의 위
력은
몇십 년 만에 온다는 폭염과 같은 맥락이다
배배 꼬인 고춧잎을 고라니가 갉아먹고 산으로 달아나
고 있다

언제나 저기압이 지나갈지
까마득히 하늘만 바라보는 콩잎 사이로

한낮의 햇살은 유난히 더디게 간다
이달 들어 몇 번이나 오는 재난 문자
폭염주의보에 기억도 없이 먹은 더위는 나갈 줄도 모르고
몇 날을 뒤채이며 숨을 고르고 있다
시간에 걸려, 매미 소리에 홀린 건지
8월이 공간에 갇혀 있다

강력한 수군水軍

빗물은 바닥에 닿는 순간 전투에 돌입한다
흙탕길 자갈길 어느 길이고 가야 한다
하늘의 길을 버리고 땅에 길을 택한 이유는 따로 있다
수력을 키우기 위함이다
저 붉은 혁명, 누구의 명령인지
힘을 합쳐 거슬러 오르지만 성공하기란 어렵다
어차피 하강만이 살길이라는 것을 빗물들은 안다
불복종은 끝이고 줄기찬 명령을 수행할 뿐이다
늘 찢기고 터지고 언제 끝날지 모를 전투
오직 한길을 향한 그들의 결심을 무너뜨릴 수 없다
더 나은 세계를 도모하여 옆으로 새는 수군들이 있다
떠밀려 가기는 싫다고 저항하며 옆길로 숨어보지만
결국 살아남지 못하고 이탈한 죄를 짓고 만다
팀에서의 이탈은 결국 죽음뿐이란 걸
휩쓸고 지나간 자리는 남는 게 없다
바위를 깨고 산허리를 치고
절벽에서 뛰어내리는 일도 서슴없다
수군은 하강하며 주변국을 침범하고 수력을 키운다
범접하기 어려운 그들의 혁명은 언제 성공할까
집요하게 뭉친 힘은 아무도 대항할 수 없다

위로 오르지 않고도 바다의 왕으로 등극한다
태풍을 불러들여 바다를 호령하고
파도를 세우는 일
한때는 보잘것없던 한 방울의 외침이
뭉치고 번창하며 하나의 국가를 이룬다

힘이 없는 한 방울의 힘이다

물구나무의 삶

바닥을 하늘 삼아 살아가는 것들이 있다
자랄수록 밑바닥이 가깝다
안간힘으로 매달리다 보면
잎이 삐져나오지 않고는
단 하루도 견딜 수 없다

허공에 목을 매고 팔을 뻗쳐
살기 위해 바닥으로 내려가는 이파리들
짧은 다리로 벽의 영역을 확장하는 그들에게
위로 치고 오르는 것들 때문에 치명적일 때가 많다
피멍이 들기도 하고 몸뚱이가 잘리기도 한다

개발에 밀려 쫓겨나는 이삿짐을 보며
강제 퇴직당한 박 씨의 갈지자걸음을 보며
이십사 시간 편의점에서 밤새우며
하루 치 밥을 벌고 돌아가는 젊은이
가난의 모서리 어둑하고 좁은 골목,
질겨진 물구나무가 발을 포개고 있다
바닥은 늘 이런 느낌이다
지구가 바닥을 떠받쳐도

위로 오르지 않고 밑바닥을 내 집처럼 맴도는 사람들

거꾸로 매달린 저 수많은 담쟁이 삶이
밑바닥을 맴도는 사람들을 닮은 것 같다

둥근 울음

바람이 우는 법을 가르쳐주었다
파랗게 말문을 트고 사려 깊게 간격을 맞추고
숲의 대열에 들 때도 울리기만 했다
외다리로 서 있는 게 힘겨웠지만
바람은 한시도 쉬지 않고 나무를 울렸다
몸 안에서 몸 바깥으로 중심에서 밀고
밖으로 다시 밀려가 파동치며 울고
울다 흘린 눈물이 일 년에 한 번씩 둥근 고리로 굳어갔다
울고 싶어 운 것이 아니고 팔 할은 바람이 나무를 키웠다
나무는 단 한 번도 외다리라고 원망을 한 적도 없었다
키를 키우기 위해 헛된 욕망을 부리지도 않았다
있는 힘 다해 제 몸 짓찧어
고된 흔들림 아픈 멸시 다 참아내었다
고리가 하나씩 늘어갈 때마다 함께 울어주던
골짜기와 바위도 세찬 눈보라도 응원을 보냈지만
끝내 나무의 울음을 멈출 수는 없었다

나무는 몇십 년의
고리가 쌓여 굵어진 제 몸을 대견하게 바라보며
눈물이 굳어서 생긴 수령을 세어본다

아라족*들의 복화술

지문을 긋고 가상공간으로 가는 통로를 연다
플레이 스토어에 터치
먼 미래로 손끝이 달려나가고
습관처럼 검지를 클릭
변종된 아라족들이 국적도 없이 밀려온다

아이디 흥분제로 비밀의 방을 열고
우울증과 현기증에 시달리던 그녀
아라족들과 섹스를 한다
연애&사랑 모드로 고정시켜 놓은 밴드
꼬리 글 한 줄의 짜릿한 오르가슴
그녀는 복화술사가 되어간다

포획된 아라족 중 최신 버전의 파일을 연다
넋 잃는 창 너머로 온갖 난무하는 동영상의 군상들
검색 순위 일 위인 꽃미남이 최면을 건다
모바일 속에 갇힌 그녀의 미래지향적 생각들
무제한 데이터를 써봐도 한 달이 가기 전
과부하가 걸린다
아라족의 알을 낳고 그들과 함께 날아다니며

꽃미남을 찾아 키워드를 눌러보지만
해가 바뀌어도 채워주지 못한 것을
매음굴賣淫窟에서 부르는 게 아니고
언제 어디서나 그녀를 손짓하는 포주는
점점 인간화되어가는 모바일이다

그녀는 점점 아라족들의 복화술사가 되어간다

<hr />

* 아라족: 아바타 라이프족Avatar Life族을 줄여 이르는 말.

사바나 미술관

안국동 갤러리 지나다 보면 유리창 너머
모네가 수련을 피우고 있다
그 수련에는 가을이 내려와 있다
작고 낮은 열댓 평의 미술관엔 햇살과 바람이 흠모하듯 스며들어
수련의 연인같이 등을 기대고 있다

고대의 시간을 기울여 브라만婆羅門의 경전*은 아니지만
모네의 연꽃이
이천 년 전 씨앗으로 발아될 때
그때를 기다려 내 영혼을 묻어두고 싶다

그 색채에 빠져 한 세기를 안고 기다리면 곱게 자연사할 수 있을까
진흙의 격노를 연蓮의 구멍처럼 비우고 나면
거친 숨도 빈 연못으로 낮게 잦아들 수 있겠다
사비나 미술관에 가면
수련을 피우고 있는 모네를 만날 수 있다

* 바라문(婆羅門教)의 경전에는 이 여신이 연꽃 위에 서서 연꽃을 쓰고 태어났다는 기록이 있다.

알리바이 레시피

주재료는 삼각관계, 의심 반 심증 반
내 연애사를 계량컵에 부어본다
유통기한을 철저히 지키는 그녀가
내 솜씨에 의문을 제기했다
매콤함과 신선도를 함유한
나의 일편단심에 의심을 품었다
입맛을 자극하는 매운맛을 보여주기 위해
우선 잘 정리한 의혹을 다지고
딱딱한 심증을 부드럽게 만들어 잘 섞어준다
순서가 뒤바뀌면 맛이 틀리므로
두 가지를 잘 버무려 소스를 만든다
의문 한 덩어리 꺼내
부위별로 잘라 바삭하게 튀겨낸다
내가 만든 소스를 그녀가 알아챌 수 있을까
나는 이미 여러 번 그녀의 입맛을 심문해봤지만
묘한 미소만 한입 가득 오물거릴 뿐
몸이 달아오를수록 그녀의 입맛은 까다롭고
이 맛도 저 맛도 아닌 생소한 표정만 짓는다
입은 단맛을 원하며
마음은 쓴맛을 이야기한다

가끔 그녀의 입에서도 다른 소스 냄새가 난다
그럴 때마다 의구심은 깊어가고
혀끝만 탄다
내 몸이 계속 익는 줄도 모르고
더욱더 활활 불을 지른다

no

심장병을 앓는 막내의 숨소리 어둠 쪽으로 기운다
방전 직전의 여자가 지하 방문을 나선다

삼복더위를 이고 가는 어깨가 축 늘어져 있다
욕망을 증폭시키는 식판 열 단을 올려놓는 주인은
오차를 허용하지 않는다는 듯 세어본다

반갑고 낯익은 얼굴들이 엉덩이를 툭 치며 지나간다
대응할 수 없는 몸은 내 것이 아니었다
내성을 가진 모욕과 희롱들이
가슴을 충전시키며 뻐근해온다

찌그러진 식판을 인 머릿수건엔
수모와 봉변이 내뿜는 악취가 똬리를 틀고 앉아 있다
냄새가 온종일 그 여자를 붙어다닌다

배부른 인간이 만끽하는 행복감은
조롱으로 충전된 수치심과 반비례한다
눈물이 전율을 일으키며 밖으로 흘러넘친다

집으로 오는 골목길

발을 옮길 때마다 꺼진 등이 차례로 켜진다

방문이 열리자, 아이들이 작동하기 시작한다

빠른 손놀림의 수저 끝이

삼십 촉으로 빛난다

달리의 방

사차원의 생각들이 둥둥 떠다니다
당신의 손에 잡힌다

작은 방에서 여자가 벗은 등을 보이고 있다
창문 너머로 붉은 사막이 펼쳐지고
말들이 쓰러져 신음하고 있다

시간과 공간의 영속성을 이어준다는
부들거리는 당신의 시계들이 책상 위에 나뭇가지 위에
걸쳐 있다
바닷가에서 콜라로 만든 흐물거리는 피아노 껍질을 만
나더니
당신이 흰색의 고요 속에 빠져버린다

밀레 만종의 기도를 수레에 싣고 하늘로 떠날 차비를 서
두른다
황폐한 사막에 당신의 하루가 끝나고
당신의 눈에서 내 숨소리가 감긴다

인간 캐비닛이 나를 바라보고 있다

칠이 벗겨진 마룻바닥에 당신의 초상화가 떨어진다
바닥에 흩어진 고양이 수염들
책이 떨어지고 책 속에 갇혀 있던 시계들이 물고기가 되
어 헤엄치고
날아다니는 커다란 찻잔을 이어준 붉은 담배
굴뚝에서 연기가 피어오르고 있다

달리가 달리 보이는 저녁이다

과녁

숨죽인 손끝이 반동으로 떤다
잡아당기는 힘과 끌어당기는 힘이 서로 충돌한다
불꽃 튀는 눈빛이 평행선을 이룬다
식은땀이 너의 이마에서 나의 이마로 흐른다
일촉즉발의 순간
속도가 속도를 잃고 공중을 흔든다
허공이 반으로 잘린다
하늘의 고막이 파랗게 터진다
날아가지 않으면 견딜 수 없어
바람도 갈기 날리며
눈 깜짝할 사이에 사라진다
비로소 자유로운 몸
네가 꿈꾸는 요람을 향해 팽창하고 있다
온몸으로 요동치는 뼈와 살들,
격렬하게 흔들려도 오차 없는 등거리,
이쪽과 저쪽을 잇는 최단거리를 찾는다
햇살 또한
그 어떤 무게도 실어주지 않고
통제하지도 않는다
다만 자유로운 질주를 재촉하며

바람과 나무와 새들에게도 짐 지우지 않는다

과녁만 오로지
나를 받을 준비로 팽팽하다

식물도 말을 키운다

나를 움켜잡고 놓지 않는 바닥을 뿌리쳐본다

얼마나 지났을까
흐린 망막 위로 기억의 무늬가 눈동자를 덮는다
바람이 내 몸을 흔들어 깨운다

낯익은 언어는 날마다 집을 떠나고
낯선 방언이 그 자리를 차지하고 있다
혓바닥이 실직을 고한 후
몸 안에 갇혀 있는 온갖 언어를 숨기고
평생 쏟아낼 말들을 키우고 있다

조종하는 줄에 매달린 인형처럼
튜브를 통해 넘어가는 떨림 하나도 제어 못 한다
모든 소리를 거두어간 그날부터 나는 더욱 말하고 있다
내 안에서 자라고 있을 말들이 한마디씩 자라날 때마다
말의 뿌리가 더욱 깊이 자리잡지 못하게
출구 없는 마지막 방문을 열어놓고 힘껏 외치고 있다

나와 닮은 또 다른 내가 나를 조종한다

누구 하나 내 말을 듣지도 인식도 못 하지만
나는 스스로 말을 하고 있는 것이다
어떤 기계장치도 나의 말을 제어하지 못한다
아무리 불러도 귀를 열지 않는 세상
내 안쪽에서 말이 자라는 소리가 들려온다
웅성웅성
나를 실은 침대가 어디론가 달려간다
내 윗입술과 아랫입술이 떨어지기 시작했다

옥탑방 가기 위한 몇 개의 텍스트

마을버스 종점에 내린다. 촉감이 낯선 헌 운동화, 가파른 낙타고개 넘어 한옥 갤러리 지난다. 저녁노을이 맞은편 담벼락에 벽화를 그린다. 리어카에 생선을 파는 노인, 매일 고등어 노래를 부른다. 믿음미용실 원장은 아이들 머리를 만지며 첫사랑의 추억을 싹둑싹둑 자른다.

미니 마트 통장 집 쓸쓸한 웃음에, 라면 한 봉지 소주 한 병을 산다. 그 시간이면 늘 건너편 이층집 스와니강이 하모니카를 분다. 빈손과 빈속인 분식집 노총각, 담배 연기로 하루 매상을 계산해본다. 꽃집과 분식 사이 쪽문이 가슴을 활짝 열어젖힌다.

늙은 간판들을 지나 구불구불 기어간 골목 끝 녹슨 철제 문 집으로 더딘 어둠이 들어선다. 아침에 방치된 쓰레기봉투, 눈빛을 숨기고 발광하는 들고양이들의 빈속을 채워준다. 발만 닿아도 신음 소리 낼 것 같은 늙은 계단이 제 등을 들이민다. 천근 같은 몸을 옥탑방에 눕힌다.

제3부

산세비에리아 스토리텔링

새 아파트로 이사 오던 날
누군가 공기 정화가 잘된다고 사다 준 화분
주인에게 아토피를 없애주던 나무였다
한 달에 한 번의 물만으로도 제 몸을 빛내더니
주인의 사랑이 핑크 안투리움으로 옮겨갈 땐
없는 꽃이라도 피우고 싶다는 억지 몸살을 앓기도 했다
제한된 구역에서 억눌린 세월을 소모하며
자주 바뀌는 식구들의 시선 앞에서도
싱싱한 잎을 흔들며 꿋꿋이 견뎌왔다

지금 저 바짝 마른 산세비에리아는 자기 일생이
얼마나 타인에 의해 사육되어왔는지 기억하고 있다
주인의 눈에서 멀어지던 날
죽고 싶다는 생각을 한 번쯤은 했을 것이다
지난겨울 추위에 성장의 동력은 이미 다 써버렸고
생명은 봄 햇살처럼 눈부신 한계였을 뿐
온몸을 화분 속에 가두고
성장에서 벗어나기 위해 틀에 매달린 세월

나무가 사람의 덫에서 풀려나던 날

온몸이 마르도록 살아온 일생을 위로하듯
바람이 그의 몸을 부드럽게 만져주었다
아무도 찾지 않는 공원 한 모퉁이
누군가 내다 버린 산세비에리아
잃어버린 푸름의 기억 한가운데
서서히 잊혀가는 나무 한 그루의 일생이
꺼져가고 있다

사디즘의 만족

도마 위에 놓인 그녀의 밤이 난도질당하다
한평생을 칼질로 살았다
날마다 고기를 다지고 순대를 자르고
그녀에게 난도질당하는 건 고기나 순대만이 아니다
집 나간 남편도, 사기 치고 야반도주한 이웃도 아니다
오로지 알토란 같은 자식 하나 데려간 세월이다
한때 기골이 단단한 적이 있었다
단단한 것에도 흠집이 나면 날수록
자기도 모르는 쾌감에 젖는다는 것
저녁마다 시퍼렇게 질린 칼날이 수없이 고통을 가해도
폭력으로 인정하고 싶지 않은 희열 같은 일
녹슬고 이 빠진 칼이
날을 벼리며 내일 아침을 걱정한다
간밤의 북적거림이 썰물로 빠져나간 자리
주먹질로 소란을 부린 현장 같지만
사디즘처럼 칼침에 익숙해진 도마가
피 묻은 제 등을 내민다
방바닥 등에 엎어진 그녀의 허리가 봉침을 맞아 욱신거
린다

우산

꿈

속에

건네받은

작은 복숭아 두 알

먼 곳, 장맛비 쏟아지던 날

내 가슴 반쪽 휩쓸려 보내놓고

비바람 맞고 눈보라 치는 길 위에서도

너희들을 온몸으로 받쳐주는 우산이 되었다

온 들판을 뛰어다니며 활짝 웃는 복사꽃 미소에

내 한쪽 가슴에 쓰라리게 키우던 예쁜 소망들을 감히

사랑이라는 씨앗이라 생각하며, 너희들 복숭아 뺨 같은 가슴에

묻어두고 싶다 영원히 지지 않아 아름다운 복사꽃으로 한껏 피어날

사랑이라는

그 말의

씨앗

으

로

말 질주하다[*]

삶이 속도인 것을 간과하지 못했다
주변의 시선을 쭉 끌어당겨
말과 말이 부딪치며 소음을 낸다
말이 지나가는 곳마다 시끄럽고 어수선하다
세상을 요리하던 말이 여기저기 꿈틀거린다
말은 새처럼 날고 싶고 부푸는 것을 좋아한다
이 사람 저 사람 중심을 붙들고 지나간다

말에 끌려가는 사람들 끝으로 말들이 줄줄 따라온다
상대방 말에 뽑혀져 나온 말의 줄기가
너덜너덜한 채 사람들에게 상처를 입힌다
끊어질 줄 모르는 말의 뿌리에서는 구린내가 나고
사방에서 몰려든 허튼소리가 옳은 말을 파먹는다
말은 소문내며 달리는 것을 좋아하고
달리던 소문이 필사적으로 말과 말로 벌어진 사이를
좁혀보려고 애쓰고 있다

말의 끝을 붙잡고 있던 말이 달리자
다른 말들이 소리치며 몰려온다
말들이 신발을 벗어 들고 달려온다

내게서 나간 말이 상대방에게 달라붙어

세상을 뜨겁게 달군다

말로 달궈진 세상이 뜨거워

관계가 녹아내려도 끄떡 않고 꼬리를 감추고

상대방 내뱉는 말은 꿀꺽 삼켜버린다

말과 말이 출몰하는 곳엔

폭발하는 소리가 끊이지 않는다

또다시 누군가에게로 질주를 명령한다

말이 또 달린다

• 이원의 「오토바이」를 패러디.

직업 있는 여자

새벽 네 시 찬밥 한 덩이 냉수에 말아 먹고, 벽화가 그려진 선사시대 동굴을 빠져나가면 찬바람이 먼저 나를 쓸고 간다. 기다리면 오지 않는 버스를 들풀처럼 기다린다. 정거장엔 어둠을 삼키며 자기 몸을 사르고 있는 가로등이 서 있고, 오로지 속도에 매달려 전진하는 바퀴들이 놓쳐버린 시간들이, 졸린 눈 비빈다. 어제 봤던 또래 여자가 오늘도 같은 옷을 입고 나를 보며 서성거린다.

빌딩 문을 열고 들어서면, 제복 입고 금테 모자 쓴 관리인이 먼저 반긴다 수돗가에 선잠을 걸어놓고 고무장갑을 끼면, 언 걸레가 골을 부려 비누 거품과 어울려 퉁퉁거린다. 계단을 닦는 걸레가 자꾸 손을 놓치고, 물통에 낀 살얼음이 손톱을 잘라 먹는다. 손가락 사이로 빠져나가는 생각들이 잠시 허리를 편다. 락스 향기가 부리나케 계단을 오르내리면, 걸레 구름이 정오의 하늘을 박박 밀고 지나간다.

무쇠 밥솥

무쇠 밥솥에 보리밥이 가득하다
보리밥 가운데 쌀 한 줌 넣어
할머니, 아버지, 외동아들,
유일하게 쌀밥을 섞어 밥을 퍼주고 나면
여자 동생들은 모두 꽁보리밥

자신의 밥은 뜨지 않고
속이 다 비워진 솥엔
보리밥 누룽지만 남는다
맹물을 붓고 펄펄 끓이면
퉁퉁 불어터진 누룽지 죽이
대접으로 한가득이다

비가 몹시 퍼붓던 날
나는 고향집 마당에서
어머니 흐느낌 소리를 들었다

나가 보니
주인도 없는 뒤란 한 귀퉁이에
버려진 녹슨 무쇠솥이
후득후득 울고 있었다

바람의 세일즈
—세상에 말을 걸다

외곽으로 달리는 것은 바퀴가 아니라 나의 생이다
매일 목마르게 누군가를 찾아 헤매는
내 생이 변방이라면, 나의 중심은 바퀴 위에 얹혀 있는
바람이다

길에서 태어나 길에서 죽는, 단지 살기 위해 스스로 경
계를 허물고
또다시 영역을 넓혀가는 바람은, 절대 스케줄을 놓치지
않는다
오늘의 프로젝트를 관통하려면 속도를 배가시켜야 한다

갑론을박의 계약된 하루를 성립시켜 가는 바람
포장마차 한편에서 우동 한 그릇을 시켜놓고
파업을 선언한 나무젓가락을 쪼개며 달려온 시간을 계
산해본다

웅크린 어깨를 주무르며 바람이 마케팅을 시작한다
흔들어 팔고도 새바람을 일으키는 바람의 상술
누구나 넘어가기 좋은 저녁이다
사람들은 평상에 앉아 감원 바람에도 꿋꿋한 가로수를
보며

소주 한잔과 갯장어 한 접시에 내일을 흥정한다

어디선가 또 바람이 바람을 부른다
기약 없는 바람의 가속에 실려 바쁜 생을 건너간다
바람이 멈추는 그곳에 또 다른 영역을 찾아
미완성인 바람의 세일즈는 멈출 줄을 모른다

이방인異邦人

새마을 금고 벽보에 현상수배자가 나를 보고 있다

사람을 죽인 살인자라는 붉은 글씨

지정된 벽보마다 그의 모습이 얼마나 내걸려 있는지 알
수는 없지만

어쩌다 저리 이방인 얼굴이 되었을까

경계를 늦추지 않는 강한 눈빛

변명을 하고 싶어 욕망을 숨긴 입술

남의 가슴을 벨 것같이 우뚝한 콧날

외모만큼은 나무랄 데 없이 평범한 한국인이다

그런 그를 바라보는 내가 이방인 같다

그는 사람이 아니고 싶었을까 누에처럼 투명해지는 남
자의 내부

사람을 죽이는 비장의 무기를 날마다 닦고 조이고

기름치던 모습이 훤하게 드러난다

마치 벽보를 차고 나와 나에게 신고하지 말라고 위협하듯

나를 뚫어지게 보고 있다

겁먹은 얼굴로 그와 머뭇거리는 생각을 잡고

따져보려 해도 전혀 모르는 이방인이다

한 번 더 기계인지 사람인지 낯선 음성이 들려왔다

국적도 모르는 어느 여자가 서툰 한국어로 통장을 개설
하고 있다

삼색등의 유래

눈발이 점점 굵어지더니 재개발 상가에
크레인 기사가 오래된 이발소를 무너뜨리고 있다
결국 삼색등이 깨어졌다
언덕 밑으로 파란색 붉은색 흰색이 쏟아져 내렸다
플라스틱 파편들이 깨어져 흩어 내렸다
지나가던 사람들이 빙 둘러서 구경을 하고 서 있다
삼색은 조각이 되어 색깔의 경계선이 없어졌다
이발소를 상징하며 늘 지구처럼 돌아가던 삼색등
예전에 이발사가 의사를 겸했던 시절이 있었다
더는 이발소의 상징인 동맥, 정맥, 흰 붕대의 논리는 남
아 있지 않았다
삼색등이 평화롭게 나뒹굴고 있었다
누군가 조각을 주워다가 한자리에서 맞추고 있다
조각과 조각이 서로 얽히고설키고 색깔이 되어갔다
다시 삼색의 경계선이 생기고 색깔이 뚜렷해진다
이발소 주인인지 안타깝게 깨어져버린 삼색등을
허름한 반백의 할아버지가 비닐 주머니에 담아 일어선다
삼색등을 돌리며 이발사의 꿈을 다시 키우려는지
어디론가 황급히 사라지고 있다

악어구두는 악어의 눈물이다

지나온 발자국이 궁금하다
구두의 내부는 제 길을 껴안고
바닥과 한 몸이 되어 깊은 잠에 빠져 있다
발이 머문 시간들을 샅샅이 거두어가고 있다
새 구두가 날개라고 생각한 적이 있다
단단한 뒤꿈치를 매달고 세상을 훌훌 날아다니던 구두
터질 듯 날 선 바지가 힘이 되던 시절
그는 한때 춤으로 바람을 일으키기도 했다
독수리 눈 짙은 눈썹 굵은 턱선
멀리서도 지나가는 여자들의 향수 냄새를 잘 맡던
사냥개의 후각으로 길들여지기도 했다
등골을 물어뜯던 본능을 감추고
짐짓 카멜레온의 후예가 되기도 했다
언제부터였을까
날개가 짐이 되기 시작했다
아직은 야성을 간직하고 있는 악어 무늬가
사람을 지배하고 악어새를 부른다고 생각했다
지금도 상상 속 비상하는 새들의 틈에 끼어
다시 한 번 어깨춤 흔들며 날고 싶은 세상,
종이호랑이로 전락한 몸을 깨우려 애써보지만

이젠 너무 얇고 가벼워 꿈조차 주저앉은 지 오래다

닳고 헐거워 홀쭉해진 몸,

스스로 접어버린 걸음을 웅크리고 있다

있는 힘 다해 세찬 바람을 견디며 시린 가슴을 쓸고 있다

평생 날고 싶었던 하늘을 바라보며

기억도 못 하는 깊은 잠 자려고

자신의 이름을 지우고 있다

레인보우

경상도에서 갓 올라온 캄보디아 댁
이사 턱을 낸다고 사람들이 모여들었다
아직 정리하지 못한 이삿짐들이 여기저기
손님처럼 앉아 있었다
전통의상을 입고 찍은 결혼식 사진만은
거실을 화려하게 치장하고 있었다.
씻을수록 때가 낀다는 아프리카 재인 엄마,
백옥이 질투한다는 러시아 이슬이 엄마
경상도 사투리 걸쭉한 캄보디아 댁
아침엔 식당이나 공장으로 뿔뿔이 흩어졌다가
저녁이 되면 어눌한 한글 사투리 하나씩 들고 집으로 돌
아온다.
한국인보다 더 맛깔스런 사투리가 자갈 굴리듯
방 안 가득 웃음 한 바가지씩 퍼내고 있다.
울퉁불퉁한 웃음소리는
아프리카로 러시아로 캄보디아로
바다와 육지를 건너 전송되고 있다
세상에서 가장 무거운 피부색을 내려놓고
가볍게 살아가는 사람들
놈이라는 떡 요리 아목이라는 생선 요리 록락이라는 타이

음식과

    한국의 광어 매운탕이 붉게 물들어가는

    행복마을 임대아파트

    이슬이 엄마 눈빛이 순간 반짝 빛났다

오래된 영농일기日記

먼지가 뽀얗게 앉은 책상 서랍을 열자
배배 마른 아버지가 가지런히 누워 있다

─x월 x일 손녀딸이 태어났다 또 딸년이었다
─x월 x일 송아지 새끼를 봤다 씨불 수놈이었다
─x월 x일 장에 갔다가 마누라 동동구리무 한 개 샀다

비틀거리는 걸음처럼 시름시름 타들어가는 글씨들
쌈지에 갇혀 있는 목도장 바작바작 말라간다
일기 속에 꽂혀 있는 개근상 한 장이 세월을 태우고
어머니 반기는 눈빛만 흑백사진 속에 고스란히 남아 있다
해소 기침 잊은 먹다 남긴 용각산 굳은 소리 요란하다

가죽 벗겨진 돋보기 눈 크게 뜨고
빛바랜 외아들 백일 사진만
뚫어지게 확대하고 있다

─x월 x일 솥단지만 봐도 목구멍이 아프다
마누라 멀리 가고 나 혼자다
쇠죽 끓이다 매운 눈물 뺐다

아버지의 일기는 여기서 끝났다

아버지를 서랍 밖으로 꺼내 책꽂이에 꽂는다
일기장의 등허리가 유독 바짝 말랐다
아버지 잔기침 소리가 잦아든다

구멍가게 그 남자

처음에는 빌딩숲에 가려 잘 보이지 않았다
허름한 미닫이 유리문이,
세 끼 라면이나 욕으로 배를 채우는 남자
얼굴이 뒷골목 벽에 붙은 껌처럼 새카맣다
캄캄한 뒷골목을 누비며 뒤끝 하나로 시비 걸던
평상 쓰는 말이 욕이 된 남자
박스 진열대 위에 먼지 뽀얀 과자 몇 개 팔고 뒤꽁무니에
막걸리 한 통 달랑 들고 갈지자로 돌아가던 남자
저녁노을처럼 벌겋게 달아오른 가슴을 쥐어뜯으며
딸 하나 키워낸 구멍가게 그 남자
그래도 대견한지 자신을 돌아본다
멀지 않은 곳에 대형 마트들이 들어설 때도 까딱하지 않고
욕 몇 마디로 속 내부를 감추던 남자다
소나무 등걸 같은 손바닥,
굳어버린 먼지를 스윽 닦고 마지막 셔터 문 내린다
혼자 먹은 소주 몇 잔에 얼굴이 불콰하니
잃어버린 세월 돈처럼 세어본다
늦은 밤
가느다란 종아리가 휘청거리는 구멍가게 사내
머리 위로 별들이 칭얼대며 따라간다

부활절

빗줄기가 대못을 박는다
대지의 몸을 뚫고 들어가 핏물이 흥건하다
열십자로 흔들리는 공원의 나무들은
허공을 할퀴며 새들의 울음을 유도한다

비의 못질은 격정적이다가 혹은 슬픔이다가
고요를 담아내기도 한다
기적을 사모하는 저녁은 희뿌연 안개로 뒤덮이고
고개 숙인 가로수들이 나란히 기원을 한다

밤의 경전을 읽어 내려가는 빗물
촉촉한 눈물을 흩뿌려 나를 골방에 가둔다
공중의 지성소에 제단을 쌓아 올리며
내 영혼이 수도를 시작한다

두루마리 복음서처럼 바람이 몰려왔다 사라진다
다시 온다고 약속한 한 사람
오지 않았다
지루해진 사람들 하나둘 돌아섰다
빗물조차 신의 영역으로 믿었지만

아무도 그의 메시지를 이해하지 못하고
흘려보냈다

창밖으로 범람하는 풍경이 휘몰아치고
흥건하게 네거리를 건너온 사람들,
늦은 카페에서
흘러내린 적포도주를 입술에 적시며
고해성사를 하고 있다

잠들지 못하는 한 사람 부활절을 준비하고 있다

길은 생각한다

많은 이들은 지름길을 좋아한다
어떤 이들은 에움길을 좋아한다
지름길은 빨리 가며 앞이 보이지만
에움길은 느리게 가며 옆이 보인다
바쁜 사람들은 뒤돌아보지 않는다
느린 사람들은 옆과 뒤를 돌아본다
자동차도 지름길을 가는 것보다
에움길을 가는 게 더 안전하다
바람도 지름길보다 에움길에서 한 번씩 쉬었다 간다
사람들도 지름길에서는 들꽃을 보지 못한다
에움길에서 들꽃이나 들풀을 더 많이 본다
지름길은 빠르게 가는 사람들에게 속도감速度感을 주지만
에움길은 느리게 가는 사람들에게 사유思惟를 준다
지름길은 자기의 모습이 곧고 전율이 있다고 좋아하지만
에움길은 뒤와 옆을 보며 가는 모습도 괜찮다고 생각한다

소국

오늘 아침 택배 하나 받았다
노란 종이봉투 뒷면에 주소는 없고
친구라고 쓰여 있다
―내가 없더라도 우리 집에 놀러 와
―그리고 이거 너 가져
아끼던 시집 한 권 관처럼 무거웠다
그녀의 지문이 남아 있는 편지 글들은
아직 살아서 봉투 안은 따뜻했다
검은 머리를 뽑아달라던 보름 전 그녀
영문도 모른 채 흰머리를 뽑던 내 손
먼저 간 남편을 만날 때
너무 젊으면 미안해하지 않겠냐며
소국같이 웃던 그녀의 유머가
오늘은 하나도 우습지 않다
쓴 물이 목구멍까지 올라온다
수취인 없는 답장을 쓴다
집착을 버린 꽃잎같이 단정하고 고요히
나비처럼 날아간 뒷모습이 아름다웠노라고
중얼거리는 동안 어디선가 또 한 무더기
소국이 지고 있다.

제4부

검은 얼룩

가뭄으로 시멘트보다 더 단단한 논바닥에
아버지는 쟁기를 댔다
논바닥은 결연한 의지로 제 몸을 쉽게 내주지 않았다
쟁기의 날이 소리를 내며 흙을 붕괴시켰다
바람이 쟁기의 날카로운 얼굴을 만지고 지나갔다
이리 엎고 저리 엎은 평생을
팔자라고 자위하며 논바닥의 숨통을 트여주었다
갈아놓은 논바닥은 아버지의 삶처럼 먼지만 풀풀 날렸다
마치 방치해 두었던 아버지의 묵은 속을 태우듯
아버지는 논둑에 불을 놓으셨다
시원스레 후루룩 잘도 타들어갔다
논둑은 일시에 까만 얼룩으로 번졌다
그 논둑은 십수 년을 그대로 누워 있다
아버지가 갈아엎던 팔자타령을 가슴에 묻던 어느 날,
  대대로 내려오던 아버지 누런 문서에 낯선 이름이 달렸다
  인감도장을 잘못 내어준 외동아들의 한탕 꿈은 허상으
로 끝났지만,
  고향은 새카맣게 타버린 내 안에 커다란 얼룩으로 남아
있다

명예퇴직

동틀 무렵
환경미화원과 한 아이가 빗자루를 들고 거리에 서 있다
—아빠 이 큰 도로는 제가 치울게요
중학생 정도로 보이는 아이가 빗자루를 들고 도로에 내
려선다
아직 여드름이 듬성듬성 난 얼굴에 하얀 이가 드러나게
해죽이 웃고 있다
—거긴 위험해 차도엔 내려서지 마라
졸린 차들이 휙휙 지나가는 8차선 도로로
얼른 내려서는 미화원 아저씨

서툴게 낙엽을 쓸고 있다

고음 실종되다

줄 하나만 남은 낡은 기타가 누워 있다
버려진 이삿짐 더미 옆에
아이들이 와서 줄을 튕겨본다 한 가닥 줄 속에서
낮은 저음 하나가 소리를 낸다
다섯 줄에서 출타한 소리는 어디로 간 것일까
허리가 끊긴 줄들은 소리를 보내놓고 허공만 응시한다
팽팽했던 시절 주인의 손끝에서 울고 웃던 기타줄
광란의 밤을 지내며 누군가에게 음악을 바쳤을,
낡은 줄 하나에 온 신경을 곤두세우고
비스듬히 누워 이탈한 소리를 찾고 있는지
바람결에 소리를 내보는 일 부지런히 하고 있다
누군가 와서 튕겨주기를 고대하는 듯
꼼짝하지 않고 따가운 햇볕도 참고 있다
내 소리의 근원도 원래 낮지 않았다
작고 낮은 소리 하나가 흔들리고 있다
줄 하나에 목숨 건 저 기타처럼
내 목소리도 점점 더 낮은음이 되어간다
여자인지 남자인지 알 수 없는
저음의 소리로

국지성 폭우

조문객들은 부의금처럼 앉아 있다
일부는 여전히 장마에 취해 술잔을 퍼붓기도 했다
한 무리 폭우로 들이닥친 사내들
비밀 장부를 가지고 저희들끼리 핏발을 세웠다
문신으로 도배한 사내가 상대방 뺨을 벼락같이 내리쳤다
놀란 번개두목 두 눈을 번쩍거리며 우르릉거렸다
향불처럼 몸 뒤척이는 목탁 소리도 말리지 못하고
홈통 안으로 굴러떨어졌다
싸움을 붙여놓고 한층 더 시끄러운 빗소리
집 나간 아내가 밤이 이슥하도록 돌아오지 않자
어린 상주가 흐느낄 때마다 눈치 빠른 빗소리 함께 울었다
장지를 걱정하던 이웃들 사내들의 빚 설거지에
깨진 가슴만 쓸어내며 폭우가 그치기를 기다렸다

한 남자의 과거를 집어삼키고 떠들어대는 빗소리
누구도 상관하지 않았다
미처 떠나지 못한 장마전선 자꾸만 머뭇거렸다
아침은 산 자의 방식으로 깨어나고 있었지만
한차례 겨냥한 국지성 폭우만이
장례 내내 그의 주검에 집중하였다

백 년을 수술하다

북촌마을
기와들이 세월에 밀려 틈을 보이고
그 틈을 비집고 자라난 민들레가 백발이다
포클레인이 오래된 한옥을 발가벗기고 있다
부서진 갈비뼈 하나씩 빼내고 있다
갈비뼈 사이사이에 남은 살점 발라내고 있다
쇄골 뼈가 보이고 척추 뿌리까지 보였다
백 년의 무게를 줄이고 뼈만 남아 있다

잠긴 빗장 열던 날
벽장 속에 누런 등기 문서 빼내온 한옥집
허공으로 날아간 시간들을 주워 모아
대들보 송진 냄새 풍기고 있다
반듯하게 놓였던 머릿돌 마지막으로 잘려나갈 때
축축한 바람도 아픈 신음을 내었다
차곡차곡 포개놓은 기왓장을 밟던 저녁 햇살
내려앉은 창문틀 으깨고 있다
떠나간 식구들의 안부가 궁금한지
주인의 손때 묻은 돋보기 마당 구석에 박혀
허공의 햇살 모으고 있다

수술 부위를 꿰매기라도 할 듯
따갑도록 햇살 모으고 있다

횡단보도

파란 등 뒤에 숨어서 위험을 즐기는 속도가 있다
어제도 어머니와 아들이 사고를 당했다
허겁지겁 건너가는 이 건널목이
어쩌면 사람의 목숨을 노리는 속도가 숨어 있는 건 아
닌지
마치, 죄지은 얼굴로
신호 대기 중인 행인들
점멸등이 파란불로 바뀌자마자 발을 내딛는 사람들
사람들은 파란불이 자기의 안전을 지켜줄 것이라고 생
각하며
스마트폰을 보고 옆 사람과 이야기하며
건널목을 건너가고 있다
하루아침에 건널목에서 유명을 달리하는
목숨이 있다는 걸 까맣게 잊은 채
천국과 지옥을 오고 가는 건널목
오늘도 아무 일 없다는 듯 번갈아
점멸등이 바뀌고 있다
빨갛게 혹은 파랗게
잠깐 한눈을 파는지 하늘은 흐리기만 하다

Delta

세상에서 가장 안정적인 모형이 삼각형
하지만, 지상은 온통 사각형뿐
사각형 집을 나와 사각형 지하철을 타고 사각형 버스로
출근을 해
사각형 책상에 앉아 사각형 서류 속에 갇혀 뒹굴다 보면
내 몸도 사각형이 되고 말지

좀생이 김 부장도, 걸걸한 명 과장의 얼굴도 다 사각형
사무실 영업 실적 그래프도 사각형
사각형 카탈로그를 들고 사각형 명함을 건네고 돌아오
는 오후
빌딩 숲에 묻혀 붉게 물들고 있는 석양도 사각형

삼각형의 피라미드 바닥은 어째서 사면체로 만들어졌을까
지구는 아마도 삼각형과 사각형이 합쳐서 둥글게 된 것
이 아닐까
이런 저런 생각에 빠져 사거리 횡단보도를 걷다가
미스 신과 나는 삼각주에 갇혀버렸지
—출출한데 삼각 김밥 삼각 파이 어때요
삼각 김밥과 삼각 파이(π) 듣는 순간 배가 고파왔어

저만치 마름모 사각형 을지로 길이

점점 삼각형으로 변해가는 것처럼

그 많은 모서리를 지닌 우리 회사 빌딩도 남산에 기댄 삼
각형

삼각 김밥을 같이 먹을 그녀가 삼각관계에 빠지지 않는 한

우리 사랑도 삼각형에서 끝나지는 않겠지

나는 학습된다

나의 하루는
엑셀 파일로 시작된다
생물적 존재로 사회적 존재로 강화되어간다
책상 앞에서 화장실로
모니터 속에서 모니터 밖으로
다람쥐가 도는 방향으로 학습되어간다
내 위장은 열두 시에 민감하다
반사적으로 나를 식당으로 이동시킨다
어떤 자극에 대해서 자동적으로 반응하려는
나는 파블로프의 수동조건형성이 되어 행동한다
조건 자극과 무조건 자극의 짝짓기를 한다
나는 누군가의 장치를 모방하며 학습되어진다
내 손은 늘 자동으로 활성화된다
모바일이 부르는 소리에 즉각 반응한다
밴드의 댓글이나 친구의 카톡에
고전적 대리만족을 한다
과장님의 잔소리가 자극을 불러와도
결재 서류 올리는 시간은 늘 자동화되어 있다
나는 내기 좋아하는 것은 동기화하여
강화시켜버린다
오늘도 승진의 조건을 따라 나는 학습된다

공원도 관절통을 앓는다

늙은 고양이 두 마리 공원 계단을 내려오고 있다
한 마리는 조심조심 갈之자로 내려오고
또 한 마리는 앞을 보며 절뚝절뚝 내려온다
절룩거리지 않으려고 애쓰다가 더 절뚝거린다
무릎이 아픈지 잠시 쉬다가 다시 절뚝거린다
바람도 절뚝거리며 쫓아온다
산길도 비틀대며 따라온다
낙엽들도 절뚝거리며 굴러온다
햇볕도 절뚝거리며 계단을 내려온다
저물어 가는 공원이 모두 절뚝거린다
지팡이를 짚은 노인, 머리가 하얀 노인도
운동을 한다고 모두 절뚝거린다
똑바로 걷는 것 같지만 자꾸 삐딱해진다
녹슨 운동 기구는 저 혼자 삐걱거리고 있다
늙은 소나무도 덩달아 솔가지를 절뚝절뚝 흔든다
금방이라도 툭 부러질 것 같다
소나무 관절이 투두둑 소리를 낸다
솔방울 하나가 뒤뚝뒤뚝 굴러간다

삭제

한때는 지우고 싶은 게 너무 많았다 칠판 위에 적어놓은 이름같이

내가 나를 삭제하고 싶었다 밤이 낮을 삭제하고 낮이 밤을

삭제하며 삼백예순날을 하나씩 삭제하고 싶었다

입, 코며 눈이며 마음에 새겨둔 이름까지

삭제하고 싶었다 마치 문서에 갇혀

사는 이름들처럼 오래된

제적등본에 아버지

어머니가

삭제

되어 있다

서로 몸 뒹굴던 형제

들 틈에 두 분이 빠진 문서는

헐겁다 이승의 얼굴이 지워진 자리

안에 무언의 이름들만 가위표 안에 갇혀

더 이상 나올 수도 들어갈 수도 없는 종이감옥이

되었다 백지처럼 얇아져 가는 침묵의 자리에 문장을 새겨온

아버지 또 그 아버지 나도 언젠가 누군가에 의해 삭제될 것이다

모나리자의 미소

벽의 중앙이 얼굴이다

목을 벽에 붙여야만 살아갈 수가 있다

생전에 밑바닥의 삶은 없었다

많은 이들이 우러러보는 것에만 만족하였다

모나리자의 미소가 오늘따라 더욱 신비롭다

시간의 역사가 몇백 년 훌쩍 뛰어넘어도

늙지도 않고 죽지도 않는 지루한 생이다

이 여자 늘 벽과는 밀착된 관계를 유지한다

직사각형에 갇혀 평생 나오지 못한다

한 번 태어나면 성장을 멈춘 채

그의 목숨은 늘 경매사의 손에 달려 있다

사계절도 없는 바람도 소리도 없이 갇힌 방

자신의 몸이 얼마나 비싼지 계산도 못 하며

잠시도 흩어지지 않고 사람들의 눈을 들이키는 저 미소를

어마어마한 부자들이 훔치고 있다

사람들이 집요하게 그 미소에 집착하는 동안에도

언제나 제자리에서 내려오지 못하고

건조한 벽의 삶을 고집할 뿐이다

에덴동산에 사는 이브

먼저 그녀의 기억이 그녀를 버렸다
덩달아 세탁기가 버리더니
청소기가 그녀를 버렸다
집도 가끔 그녀를 버렸다
백두 번이나 생각해도
도무지 기억에 없는 자식들을
그녀가 버렸다
언제나 둘이 가던 길을 혼자 가고 있다
그녀는 에덴동산에 혼자가 되었다
이브를 홀린 뱀도
선악과를 따먹은 이브도
온데간데없다
단지 그녀를 버리지 않은 것은
밥뿐이었다

그녀를 내다 버린 것은 그녀 자신이었다

어지러운 반란

언제부턴가
귀에서 발굴된 소리가 나가지 않고 고인다
달팽이관을 악기 삼아 볼륨을 높이고 있다
남이 모르는 소리가 점점 쌓인다
쉬지 않고 불어대는 소리에 가을이 왔는지도 몰랐다
원인을 찾아 전원을 끄고 막아보지만
장기가 고장 났는지 소리는 꺼지지 않는다
세상 소리가 섞일까 봐
오직 제 소리만 강요하고 있다

은밀하게 들려오는 작은 풀잎 소리들
별들의 속삭임, 꽃이 피는 소리
움직이는 모든 것들의 소리
이웃집 망치 소리
깔깔대는 웃고 떠드는 세상 소리들
그 소리들을 듣기 위해 귀 기울여보지만
귀에서 자란 소리가 그 소리들을 은폐시킨다

달팽이관 속에, 죽은 귀뚜라미 영혼이 들어 있나 보다
달래고 얼러도 소리는 멈추지 않는다

저희들이 살던 지하로 돌아가라고
마지막 목청 높여 노래 부르라고
가을이 가기 전에 밖으로 불러내
원혼을 달래는 살풀이라도 해야겠다

공휴일

마당의 반을 빼앗은 그늘과
타오르지 않을 것 같은 태양의 흑점이 비슷하다

반쯤 피우다 만 담배꽁초를 은닉
직장을 잃고 기울어가는 가세가 불안하다
포장술이 발달하지 못한 오십 고개를 겨우 넘은 나의 여
생은
주방에서 아이들과 싸우는
아내의 짜증을 생각하는 오후로 변하고
승진하고 아내가 선물한 넥타이의 과거는
기억을 잃어버린 치매 노인의 눈빛이다

퇴직을 마음에서 정리하지 못한 심리적 반등이
휴일의 핑계를 대고 주춤거리는 저녁 해로 흘러간다.

내 몸은 늘 공일과 반공일에 끼어 있다
어느새 두 날의 경계는 선명하지 않고
오늘도 내일도 모호한 휴일만 계속된다
아내는 나에게 나는 아이들에게 소파를 내어주고
리모컨만 만지작거리다가

그것마저 아이들에게 내어주고
늙어버린 맹수의 발톱을 들고
슬그머니 안방으로 칩거한다

벌써 자려고요?
원망인지 생각해주는 건지 모를 아내의 끝말을 굳이
해석하고 싶지 않다

조그만 말에도 상처가 된다

`

허공의 회로

얼기설기 엉킨 신경망들이 허공에 연막을 친다
배후를 감추고 바람의 옷으로 보이는 것은
지구의 폭발을 지나온 여진이 남아 있기 때문이다

　허공의 지층을 벗기고 발굴한 화석의 연대기를 추적해
본다
　지층 속에는 원시인들이 불탄 자국을 벗겨내어
　불의 연대기를 찾았다
　동일 시대의 짐승이나 나무의 연대기도 추정해냈다
　몇 세기를 지나온 돌 속에는
　셀 수 없는 낮과 밤이 딱딱하게 박제되어 있다
　이것들이 그 시대에 흩어지지 못하고
　남자의 가슴으로 전이된 것이다
　바람이 알려준 허공의 회로를 통해 남자에게로 온 것이다
　남자의 가슴에서 굳은살을 해체하면
　앙상한 뼈만 남을 것이다

의사가 MRA를 들여다보며 진단서를 써준다

아무렇지 않게 큰 병원을 가보라고 지정해준다

마치 난해한 보안 신경망이 다 끊긴 듯 상체가 빈 남자가

산소를 쉽게 통과시켜주지 못하고 있다

두 시간째, 남자의 가슴이 타들어간다

어디론가 스며들어 호흡을 멈추고 싶은 욕망을 꾸역꾸역 참으며

허파의 회로가 끊어진 폐암 진단서를 쓰레기통에 버린다

상상력과 구체성의 협화음

—류명순의 시세계

이병철(시인, 평론가)

현실은 궁핍해도 상상은 풍요롭다. 그러므로 우리는 시를 쓰고 읽는다. 현실에서 채울 수 없는 허기와 결핍을 해소하기 위해 시적 상상력의 힘을 빌린다. 모든 상상력은 인간의 실존적 한계를 초월코자 하는 욕망에서 비롯된다. 인간의 힘, 속도, 크기, 높이, 감각, 생명은 유한하다. 인간의 능력으로 직접 경험할 수 있는 세계의 범위가 제한되기 때문에 상상을 통해 실제로 경험하지 않은 현상이나 사물에 대하여 마음속으로 그려보는 것이다.

시는 상상력의 예술이다. 좋은 상상력이 좋은 시를 만든다. 낯설고 독창적인 상상력이야말로 시라는 연금술의 가장 순도 높은 재료가 될 것이다. 시에 나타난 상상력을 보면, 시인이 어떤 결핍과 욕망을 지녔는지, 어떤 방식으로 세계와 마주하는지를 확인할 수 있다. 상상력은 타자 지향적 태도와 유연한 세계관의 결과물이어야 하므로, 성숙한 세계 인식이 선행되지 않으면 뛰어난 상상력도 발휘될 수 없다. 사물과 현상을 구속하는 인간 중심의 고정관념을 벗어나 대상이 지닌 본래의 무한한 의미를 자유롭게 풀어주는 것이 바로 성숙한 인식의 출발점이다. 그렇기 때문에 시적 상상력은 해석과 은유라는 방법론을 통해 구체화된다.

그렇다면 시는 과연 상상력으로만 이뤄지는 것일까? 해석과 은유만으로 감각의 환기, 정서적 감응, 감동이라는 시적 효과를 독자에게 온전히 전해줄 수 있는 것일까? 서둘러 말하자면, 그렇지 않다. 상상력에만 너무 치중하다 보면 암호화된 시인의 무의식이나 몽상이 시를 해독 불가의 난문으로 만들기 십상이다. 또 지나치게 추상적이어서 소위 말하는 '뜬구름 잡는 소리'가 되어버린다. 상상과 현실 사이에는 괴리가 있을 수밖에 없는데, 능숙한 시인은 그 괴리를 낭만적 공감의 영역으로 만드는 반면 미숙한 시인은 소통이 단절된 깊은 크레바스로 내버려둔다.

상상의 대척점에 현실이 있다. 상상은 모호하고 난해하며 추상적일 수 있지만 현실은 명료하고 구체적이어서 읽어내기 쉽다. 현실에 기반을 둔 삶의 체험들은 누구에게나 보편적인 공감을 불러일으킨다. 감동은 진정성에서 오고, 진정성은 삶의 구체적 체험에서부터 비롯된다. 위에서 시는 상상력의 예술이라고 했다. 그러나 시는 구체적 삶의 기록이기도 하다. 현실을 반영하는 거울이며, 현실의 부조리를 향해 날을 세운 칼이기도 하다.

"시는 온몸으로 밀고 나가는 것"이라던 김수영의 말이나 "시인이여, 입을 열어 피압박대중의 자유를 노래하지 않고 그들의 해방을 지지하지 않는다면 당신이 말하는 문학이란 과연 무엇인가"라던 김남주의 질문, "인간은 문학을 통해 자기와 다른 형태의 인간의 기쁨과 슬픔과 고통을 확인하고 그것이 자기의 것일 수 있다는 것을 느낀다"던 김현의 말은 모두 시의 구체적 현실성에 대한 주문으로 들린다.

상상이냐 현실이냐의 갈림길에서 시 쓰기는 어려움에 봉착한다. 대부분 시인들은 둘 중 하나를 택해 거기 매진한다. 새롭고 낯선 상상력으로 독자의 호기심을 자극하는 시를 추구하거나 현실의 구체성, 이를테면 핍진한 삶의 페이소스를 그려서 독자의 공감을 얻는 시를 쓰거나 하는 식이다. 그렇게 한 가지 방법론을 택할 경우 상상력에만 너무 치우쳐 시를 추상적으로 만들거나 반대로 현실성만 추구하다가 시를 뻔하고 지루한 다큐멘터리로 만들어버린다. 상상과 현실이 조화를 이뤄 낯설고 새로우면서도 폭넓게 공감할 수 있는 시는 쉽게 쓰이는 게 아니다.

류명순의 시가 매혹적인 이유가 바로 거기에 있다. 류명순의 시는 상상과 현실의 조화로운 균형을 이루는 데 성공하고 있다. 땅을 딛다가도 언제든 날개를 펼쳐 하늘을 나는 새와 같다. 발로는 현실이라는 땅을 디딘 채 머리로는 끊임없이 상상의 하늘을 날아다니는 것이 예술이다. 그녀의 시적 전략은 낯선 상상력을 재료로 하되 그것을 구체적 삶의 영역으로 데리고 와 현실성 있는 진술로 가공해낸다는 점에서 독특하다. 이국적인 식재료들을 한식 조리법으로 요리해 퓨전 음식을 만들어내는 셰프의 솜씨를 보는 듯하다. 낯선 상상력과 구체적 일상성을 결합한 류명순의 시는, 멀기만 한 상상력까지의 거리는 가깝게 좁히고, 너무 비좁아 답답한 일상의 너비는 넓게 확장시킨다. 한마디로 어렵지도 않고 상투적이지도 않다. 낯설고 새로우면서도 쉽게 읽고 공감할 수 있다.

류명순의 시집에는 '무덤으로 가는 앤디워홀', '희대의 고문 기술자 스티븐 존슨', '돌탑에 갇혀 제 아들의 머리뼈를 뜯어 먹는 우글리노 백작', '플라톤', '칭기즈칸', '아라족들의 복화술', '달리의 방' 등 생경한 대상들이 '영등포', '서울역', '우거짓국', '고물 리어카', '무쇠 밥솥', '쇠죽', '아버지 잔기침', '환경미화원' 등 익숙한 풍경들과 어우러진다. 상상력에서 길어 올린 소재를 구체적 삶의 체험으로 녹여내는 것이다.

> 플라톤이 라면 박스 안으로 들어가 시멘트 바닥을 분석한다
> 바닥 안쪽의 사나운 냉기가 등을 움켜쥐고 말을 건다
> 몸 이곳저곳에서 불평이 논쟁을 일으킨다
> 퇴직금이 주식 몇백 장으로 바뀌고
> 길거리로 내쫓긴 처자식의 소식이 무일푼으로 들려온다
> 귀환치고는 거창한 것 같지만
> 영등포나 서울역 고수들에겐 통하지도 않는다

하룻밤 쉴 곳을 찾는 떠돌이 행성들도
허공에 판서를 하며 담론을 한다
북극성 주변에 자리를 정하는 시리우스와 페가수스가
심야 토론을 시작한다
동굴은 쾌락의 소음을 밖으로 밀어내고
아테네 학당을 잠시 빌려다 놓는다

소주나 라면의 기원과 역사에 대해
신문 두 장 반짜리 소유권에 대해
뭉치고 파괴하는 정치사의 본질에 대해
국가론 논쟁은 끝날 줄 모르고 이어간다

플라톤이 밤의 향연 속으로 빠져든다
자신만의 꿈과 현실의 괴리를 좁히기 위해
전동차의 마지막 소음을 끌어다 덮는다
아침이 반드시 온다는 진리는 변할 수 없듯

첫차가 이불을 걷어간다
누군가 정체성을 흔들어 깨운다
보수를 시작하는 지하도의 망치 소리 툴툴거린다
갈 곳 없는 빈 박스,
헌 신문들 어디로 갈까 토의 중이다
플라톤이 곧 나갈 것이라는 소문이 불변의 법칙처럼 떠돈다

—「플라톤 모티브」전문

이 시는 상상력과 체험이 결합한 이른바 '퓨전'의 시학을 잘 보여주고 있다. 알다시피 플라톤은 기원전 4세기 고대 그리스의 철학자다. 시인은 그 플라톤을 2017년 오늘날 대한민국 서울의 한 지하도로 소환해 전혀 뜻밖의 모습으로 부활시킨다. "플라톤이 라면 박스 안으로 들어가 시멘트 바닥을 분석한다"는 첫 문장이 호기심을 자아낸다. 분명 독특한 상상력이다. 시인은 지하도에서 라면 박스를 덮고 생활하는 노숙자를 플라톤으로 호명하고 있다. 노숙자들이 한데 모여 "소주나 라면의 기원과 역사에 대해" '심야 토론'을 하는 모습을 보며 '아테네 학당'을 떠올렸기 때문이다.

노숙자들을 아테네 학당의 철학자로 본 것도 흥미롭지만 "하룻밤 쉴 곳을 찾는 떠돌이 행성들"로 묘사한 것 역시 뛰어난 상상력이다. 시인의 상상력에 의해 비참하고 핍진하며 더러는 불쾌하게 보이기도 하는 노숙의 풍경이 '정치사'와 '국가론'을 논하는 '담론'의 장으로, "북극성 주변에 자리를 정하는 시리우스와 페가수스"가 빛나는 낭만적 밤하늘로 격상된다.

노숙자들도 한때는 가정과 직장이 있던 사람들이다. 저마다 인생의 철학을 가지고 살아왔다. 지하도에서 노숙하는 처지로 전락했다고 해서 삶의 철학마저 버린 채 아무렇게나 되는대로 사는 것은 아니다. 정치나 경제, 사회 문제 등 세상사에 대한 관심을 끊어버린 것도 아닐 것이다. 노숙의 비참한 생활은 어쩌면 구도자적 삶과 맞닿아 있는지도 모른다. 그 남루함 가운데서도 "아침이 반드시 온다는 진리"를 깨달으니 말이다. 그 진리를 깨닫는 순간 노숙 생활은 재기를 위해 견뎌야만 하는 고행으로 전환된다. 절망이 희망으로 바뀌는 것이다.

류명순은 일상의 침전물들 가운데서 시의 이미지가 될 만한 찰나의 광휘들을 상상력이라는 뜰채로 떠낸다. 이는 보들레르가 넝마주이에게서 영웅의 이미지를 발견하며 "일시적이고 우연한 것에서 아름다움이라는 영원성을 길어 올리려는 정신"을 근대성이라고 정의한 것을 떠올리게끔 한다. 류명순의 모더니티는 소외되고 외면받는, 도시의 변두리에서 눈길을 받지 못하는 노숙자들에게서부터 영원불멸의 거인 플라톤과 아테네 철학자들의 이미지를 길어 올린다.

풀은 생각한다
바람이 태어난 고향에 대하여
한곳에 머물지 못하는 유전자에 대하여
목적지도 없이 떠도는 역마살에 대하여
바람이 죽어가는 음부에 대하여
세월의 추를 흔들며 달려가는 바람의 뒤엔
짙은 안개를 물고 일어서는 사막의 울음이 있다
흘림체나 초서체로 풀 위에 기록을 남기는 바람
연대를 알 수 없는 태곳적 알타이의 시작부터
먼 시간을 집대성한 바람의 역사를 풀들은 안다

풀잎들이 몸을 구부려 가리키는 곳
그 배경에는
바람만이 아는 망명지가 있다

羊은 생각한다
바람의 순한 피가 뿌려진 저 풀들의 신전을
숭배를 올리던 제사장은 간데없고
붉은 형틀에 감기는 바람의 통성기도만이
넓은 제단 위에 차곡차곡 쌓인다
지상 어디에도 발 디딜 곳 없는 바람의 영혼

파고드는 마두금 소리에 이내 잠잠해지고
게르의 지붕 위로 별들의 판서가 시작된다
마유주가 흐르는 대평원을 가르며
스스로 바람이 되어버린 칭기즈칸
말발굽 위에 새겨진 바람의 비문을 읽으며
그 푸른 초원을 다 건너가면
만년설
거기, 바람의 아들이 있다

—「바람의 유목」전문

이 시 역시 류명순의 남다른 상상력이 돋보이는 작품이
다. 하지만 「플라톤 모티브」와는 양상이 조금 다르다. 「플
라톤 모티브」에서 기원전 아테네 학당에 대한 상상력을 오

늘날 우리 사회의 구체적 현실과 결합시킨 데 비해 「바람의 유목」에서는 작은 풀 한 포기를 흔드는 미시적 '바람'에서 출발해 대평원을 가르는 거시적 '바람'으로까지 이미지를 확장시키고 있다. "바람이 태어난 고향"과 "바람이 죽어가는 음부" "태곳적 알타이의 시작"까지 바람의 시원, 존재의 시원으로 거슬러 올라가는 이 웅혼한 상상력은 "마유주가 흐르는 대평원"을 바람처럼 '유목'하고픈 시인의 욕망이 반영된 결과다.

'대평원'한 단어에 담겨 있는 몽골의 기후와 풍경, 그곳 사람들의 생활 및 풍습, 끝없는 초원을 헤매는 자의 고독과 침묵이 시인의 지향적 상상 속에 일제히 펼쳐지고 있다. 상상은 언제나 체험의 욕망을 전제하므로, 시인은 "말발굽 위에 새겨진 바람의 비문을 읽으며/ 그 푸른 초원을 다 건너가"는 자신을 본다. 시인은 "스스로 바람이 되어버"리고픈 자신의 소망을 칭기즈칸에다 투영시킨다. 그러자 '마두금 소리'가 들려오고 "게르의 지붕 위로 별들의 판서가 시작"되듯 시인은 시를 쓰기 시작한다. 시적 몽상 속으로 완전히 침잠한 것이다.

"바람의 뒤엔/ 짙은 안개를 물고 일어서는 사막의 울음이 있다"거나 "풀잎들이 몸을 구부려 가리키는 곳/ 그 배경에는/ 바람만이 아는 망명지가 있다"와 같은 상상력은 얼마나 매혹적인가. 바람에 대한 새로운 해석도 뛰어나지만 그걸 생생한 이미지로 묘사해내는 솜씨야말로 류명순의 장기이다. 그러나 이 시에서 가장 주목할 것은 미시와 거시를 자유롭게 오가는 상상력의 활달함이다.

내셔널지오그래픽 채널을 시청하면 빼어난 영상미에 감탄하게 된다. 갖가지 첨단 카메라를 통해 촬영해낸 대자연의 아름다움은 텔레비전으로 그것을 보는 사람에게조차 압도적인 실감과 감동을 선사한다. 류명순의 시는 내셔널지오그래픽 다큐멘터리와 닮은 데가 있다. 특히 원경과 근경의 묘사를 탁월하게 해낸다는 점인데, 류명순은 거시적 광각은 물론 미시적 접안까지 모두 갖춘 시인이다.

류명순은 마치 헬리캠을 띄우듯 대상의 전경, 즉 풍경의 전체적 윤곽을 문장 안에 담아낸다. 숲과 호수가 있는 광활한 초원의 전경을 파노라마 방식으로 묘사하는 것인데, "마유주가 흐르는 대평원"이라든가 "게르의 지붕 위로 별들의 판서가 시작된다" "짙은 안개를 물고 일어서는 사막의 울음" 같은 대목들이 그렇다. 거시적 풍경을 잘 묘사한다는 것은 단순히 어떤 정경의 외관과 크기 및 범위를 문장으로 옮기는 재주만을 말하는 게 아니라 풍경이 발현하는 분위기와 인상, 정서적 파동을 이미지로 표현해내는 능력까지를 일컫는다. 류명순은 대평원이라는 거대한 오브제를 몇 개의 문장으로 이미지화하면서 그 외현의 실감은 물론 그 풍경이 자아내는 광막함과 고독감, 상쾌함 같은 감각적 인상들까지 고스란히 담아낸다.

대평원의 전체적 윤곽과 분위기가 광각으로 담아낸 원경이라면 그 내부의 구체적 현상들은 접안으로만 파악할 수 있는 근경일 것이다. 헬리캠 대신 고성능 접안렌즈가 장착

된 초정밀 카메라를 사용해야 하는데, 류명순은 이러한 카메라 워크, 즉 거시에서 미시로, 미시에서 거시로 이동하는 이미지 변주에 능하다. 대평원의 전경을 먼저 제시한 후 우리의 시선을 평원 내부의 내밀한 현상들에게까지 데리고 간다. "풀잎들이 몸을 구부려 가리키는 곳"이라든가 "붉은 형틀에 감기는 바람의 통성기도" 같은 묘사는 매우 섬세하고 구체적이어서 읽는 이로 하여금 정서적 긴장을 일으킨다. 류명순은 거시적 시각과 미시적 시각, 육안과 심안의 '렌즈'를 자유롭게 바꾸며 다양한 층위와 각도에서 대상의 평면과 입체를 모두 관찰할 줄 아는 시인이다.

마을버스 종점에 내린다. 촉감이 낯선 헌 운동화, 가파른 낙타고개 넘어 한옥 갤러리 지난다. 저녁노을이 맞은편 담벼락에 벽화를 그린다. 리어카에 생선을 파는 노인, 매일 고등어 노래를 부른다. 믿음미용실 원장은 아이들 머리를 만지며 첫사랑의 추억을 싹둑싹둑 자른다.

미니 마트 통장 집 쓸쓸한 웃음에, 라면 한 봉지 소주 한 병을 산다. 그 시간이면 늘 건너편 이층집 스와니강이 하모니카를 분다. 빈손과 빈속인 분식집 노총각, 담배 연기로 하루 매상을 계산해본다. 꽃집과 분식 사이 쪽문이 가슴을 활짝 열어젖힌다.

늙은 간판들을 지나 구불구불 기어간 골목 끝 녹슨 철제

문 집으로 더딘 어둠이 들어선다. 아침에 방치된 쓰레기봉
투, 눈빛을 숨기고 발광하는 들고양이들의 빈속을 채워준
다. 발만 닿아도 신음 소리 낼 것 같은 늙은 계단이 제 등을
들이민다. 천근 같은 몸을 옥탑방에 눕힌다.
　　　　　　　—「옥탑방 가기 위한 몇 개의 텍스트」 전문

　「바람의 유목」에서 웅장한 상상력을 보여준 시인은 「옥
탑방 가기 위한 몇 개의 텍스트」에서는 발화법을 완전히 바
꾸어 구체적 일상의 풍경들을 섬세하게 묘사한다. 류명순
시의 작동 원리인 상상력과 구체적 일상성의 결합은 꼭 한
편의 시에서만 적용되는 것이 아니라 시집 전체에 걸쳐 구
동되는 메커니즘인 것이다. 이는 시인의 세계관이 한쪽으
로만 치우치지 않고 상상과 현실 사이에서 균형을 잘 유지
하고 있다는 증거인 동시에 자신만의 확고한 시세계를 확
립하고 있음을 말해준다.
　이 시는 '마을버스 종점'에서부터 '옥탑방'까지 가는 이동
의 과정에서 마주치는 풍경들을 묘사하고 있다. 마을버스
종점과 옥탑방 사이에는 "촉감이 낯선 헌 운동화"와 "가파
른 낙타고개" "한옥 갤러리" "담벼락" "리어카에 생선을 파
는 노인" "믿음미용실" "미니 마트" "통장 집" "건너편 이층
집"의 하모니카 소리 "분식집 노총각" "꽃집" "녹슨 철제문"
"방치된 쓰레기봉투" "늙은 계단"이 있다. 그 풍경들은 하
나같이 익숙하고 정감 가는 것들이다. 한국 서민사회의 보
편적 삶의 양상들을 기의로 지니고 있는 기표들이기 때문

128

이다.

화자가 마을버스 종점에서 옥탑방으로 이동하는 동안 시에서는 이미지 변주가 활발하게 진행된다. 특별한 잠언이나 해석적 문장 없이 이미지의 변주만으로도 시인이 의도하는 정서적 환기와 메시지의 전달이 효과적으로 이뤄지고 있다. 마치 박용래 시인이 「저녁 눈」에서 "늦은 저녁 때 오는 눈발은 말집 호롱불 밑에 붐비다/ 늦은 저녁 때 오는 눈발은 조랑말 말굽 밑에 붐비다/ 늦은 저녁 때 오는 눈발은 여물 써는 소리에 붐비다/ 늦은 저녁 때 오는 눈발은 변두리 빈 터만 다니며 붐비다"라고 쓴 것을 연상케 한다. 박용래 시인의 시에는 눈이 내리는 모습만 단순하게 묘사되어 있는데, 오히려 그 담백한 묘사로 인해 눈 오는 밤의 풍경이 직접적으로 빚어내는 시각적, 청각적 고요와 동시에 '눈'과 '빈 터'에 투사된 인간의 고독감이 심상적 고요로 잘 나타난다.

박용래와 마찬가지로 류명순 역시 시인이 시에 개입하지 않은 채 구체적인 이미지 묘사만을 통해 가난한 마을의 사람 사는 모습들, 그 풍경들이 빚어내는 보편 공감의 페이소스를 독자들에게 전달한다. 앞서 말했듯 감동은 진정성에서 오고, 진정성은 구체적 삶의 체험에서 비롯되기 마련이다. 아래의 시를 읽으면 류명순 시가 독자들을 어떻게 감동시키는지 다시 한 번 확인할 수 있다.

무쇠 밥솥에 보리밥이 가득하다
보리밥 가운데 쌀 한 줌 넣어

할머니, 아버지, 외동아들,
유일하게 쌀밥을 섞어 밥을 퍼주고 나면
여자 동생들은 모두 꽁보리밥

자신의 밥은 뜨지 않고
속이 다 비워진 솥엔
보리밥 누룽지만 남는다
맹물을 붓고 펄펄 끓이면
퉁퉁 불어터진 누룽지 죽이
대접으로 한가득이다

비가 몹시 퍼붓던 날
나는 고향집 마당에서
어머니 흐느낌 소리를 들었다

나가 보니
주인도 없는 뒤란 한 귀퉁이에
버려진 녹슨 무쇠솥이
후득후득 울고 있었다

　　　　　　　　　　　　　　　—「무쇠 밥솥」 전문

　'무쇠 밥솥'에 쌀 한 줌 넣은 보리밥을 지어 집안 어른과
남자들만 쌀밥 섞인 것을 먹고 여동생들은 꽁보리밥을 먹
은 기억은 시인의 개인적 삶의 체험이지만, 같은 시대를 살

거나 그 시대의 자장磁場에 영향을 받은 세대에게는 일종의 집단의식으로 각인된 풍경이라 할 수 있다. 시인이 펼쳐놓은 기억의 장면에는 어찌할 수 없는 가난의 절망, 그 가난을 함께 견디던 가족공동체의 온기, 남존여비 차별의 아픔, 시집살이의 고달픔, 어머니의 희생과 사랑이 내포되어 있다. 그것들은 곤궁한 시절을 경험한 동시대 사람들에게 공통적으로 내면화된 기호들이다. 시인은 무쇠 밥솥에 보리밥 지어 먹는 오래된 기억의 한 장면을 제시하면서, 상황에 대한 묘사와 통제를 적절히 이루어 개인적인 삶의 어느 한때를 보편성 있게 설득하는 데 성공하고 있다.

식구들 밥 먹이고 정작 자신은 누룽지에 뜨거운 물 부어 죽을 끓여 먹던 어머니는 이제 안 계시고, 지금 '나'는 그때의 어머니 나이가 되어 있다. 회상 속 유년기로부터 수십 년 지나 "비가 몹시 퍼붓던 날/ 나는 고향집 마당에서/ 어머니 흐느낌 소리"를 듣는다. 그 소리는 아마 시인 내면의 모성이 우는 소리일 것이다. 어머니에 대한 그리움인 동시에 어머니가 된 자신을 향한 연민의 흐느낌이다.

"나가 보니/ 주인도 없는 뒤란 한 귀퉁이에/ 버려진 녹슨 무쇠솥이/ 후득후득 울고 있"다. 뜨거운 불 위에 올려지고, 술 취한 발길질에 걷어차이고, 거친 수세미로 박박 할퀴어지고, 아무렇게나 부딪치고 굴러다녀도 깨지거나 약해지기는커녕 더 단단해지며 온몸으로 밥 짓던 무쇠솥이 바로 어머니의 삶이었다는 것을 시인은 이제야 깨닫는 것이다.

상상력이든 현실의 구체성이든 모든 시는 결국 시인 자신의 진정성 있는 삶의 고백으로 귀결되어야 한다. 그래야 독자를 설득하고 공감을 일으킬 수 있다. 모든 시인은 자신이 살아온 만큼만 쓰기 마련이다. 살아온 것 이상의 무엇을 쓰려고 하다 보면 거짓과 현학의 유혹에 빠지기 쉽고, 그것은 결국 독자에게 울림을 줄 수 없다. 상상력이라고 하더라도 시인 자신의 욕망이 투영된 지향적, 체험적 상상력이어야 진정성을 획득할 수 있다.

이러한 점에서 볼 때, 류명순의 시는 확실히 감동적이다. 이 감동이라는 것은 손쉬운 신파나 감상적 멜로를 뜻하는 게 아니다. 그녀의 시편들에는 한 편의 좋은 시가 가져야 할 낯선 상상력과 해석, 은유, 현실의 구체성, 이미지 변주, 거시와 미시의 묘사 등 미덕들이 골고루 갖추어져 있다. 완성도 높은 예술품 앞에서 우리가 감동을 받듯, 여기 이 잘 빚어진 시편들을 읽으면서도 같은 정서적 감응이 일어나는 것이다. 페이소스 가득한 스냅사진들은 거기에 덧붙여진 별도의 선물이다. 류명순 시인의 다음 시집이 벌써부터 기다려진다.